LEKTÜRE HILFE

Dora Bruder

Patrick Modiano

LEKTÜREHILFE

Dora Bruder

Patrick Modiano

Verfasst von Yolanda Fernández Romero
Übersetzt von Gerda Fischer

PATRICK MODIANO

FRANZÖSISCHER SCHRIFTSTELLER, DREHBUCHAUTOR, ESSAYIST UND LYRIKER

- **Geboren 1945 in Boulogne-Billancourt (Hauts-de-Seine)**
- **Einige seiner Werke:**
    - *Les Boulevards de ceinture* (1972), Roman
    - *Rue des boutiques obscoires* (*Straße der dunklen Läden*) (1978), Roman
    - *Damit du dich in der Gegend nicht verirrst* (2014), Roman

Patrick Modiano wurde als Sohn einer flämischen Schauspielerin und eines jüdischen Vaters aus Alexandria (Ägypten) geboren. Seine Werke haben immer einen autobiografischen Aspekt; in ihnen spielt sein Vater regelmäßig eine Rolle. Raymond Queneau (französischer Schriftsteller, 1903-1976) führte ihn in die Welt der Literatur ein und half ihm, sein erstes Buch, *La Place de l'étoile*, 1968 zu veröffentlichen.

Patrick Modiano, der 2014 den Nobelpreis für Literatur erhielt, wurde im Laufe seiner Karriere mehrfach ausgezeichnet, u. a. mit dem Grand Prix du roman de l'Académie française für *Les Boulevards de ceinture* und dem Prix Goncourt für *Rue des boutiques obscures*. Sein Romanwerk spielt hauptsächlich im Paris der Besatzungszeit (1940-1944) und konzentriert sich darauf, die Lebenswege gewöhnlicher Menschen zu schildern, um sie durch das Schreiben im Sinne der Erinnerungspflicht existieren zu lassen.

DORA BRUDER

EINE ROMANHAFTE UNTERSUCHUNG

- **Genre:** Roman (Autofiktion)
- **Referenzausgabe:** *Dora Bruder*, Paris, Gallimard, Coll. « Folio », 2015, 160 S.
- **1. Auflage:** 1997
- **Thematisch:** Biografie, Untersuchung, Erinnerungspflicht, Besatzung, Deportation

Dora Bruder wurde 1997 veröffentlicht und ist der Bericht einer Recherche, die Patrick Modiano durchführte, um den Lebensweg von Dora Bruder (1926-1942) nachzuvollziehen, die im Alter von 15 Jahren verschwand. Nach der Entdeckung einer Suchanzeige in *Paris-Soir aus dem* Jahr 1941 wurde es für den Autor zur Obsession, Dora aus dem Nichts zu holen. Er versucht, das Leben dieses jüdischen Mädchens in Paris, mit dem er sich identifiziert, zu rekonstruieren.

Dora Bruder greift die Themen auf, die Modiano am Herzen liegen: die Zeit der Besatzung, die Situation der Juden in Paris, autobiografische Elemente und die Aufarbeitung der Erinnerung. Da *Dora Bruder* gewöhnliche Individuen aus der Anonymität herausholt, ist sie auch ein Treffpunkt für zahlreiche Leben, die sich kreuzen, miteinander verwoben sind oder parallel zueinander verlaufen.

ZUSAMMENFASSUNG

EINE SUCHMELDUNG

1988 entdeckte Patrick Modiano in einer alten Zeitung vom 31. Dezember 1941 eine Suchanzeige von Eltern, die Angst vor dem Verschwinden ihrer 15-jährigen Tochter Dora Bruder hatten: „Gesucht wird ein Mädchen, Dora Bruder, 15 Jahre, 1,55 m, ovales Gesicht, grau-braune Augen, grauer Sportmantel, bordeauxroter Pullover, marineblauer Rock und Hut, braune Sportschuhe. Alle Angaben an Herrn und Frau Bruder, 41 Boulevard Ornano, Paris, richten". (p. 7)

Besessen von dem Bild und der Geschichte dieses jungen Mädchens stellt Modiano über zehn Jahre lang geduldig Nachforschungen an: „Ich bin geduldig, ich kann stundenlang im Regen warten", gesteht er (S. 14). Er bemüht sich, den Lebensweg von Dora zu rekonstruieren, einer jungen Jüdin, die unter der deutschen Besatzung in Paris lebte, nach einem Ausreißer von der französischen Polizei festgehalten und nach Auschwitz deportiert wurde. Nach und nach entdeckt er Informationen: den Steckbrief, ihren Wohnort, ihr Geburtsdatum und ihren Geburtsort, die Schule, die sie besuchte, usw.

Da er selbst im selben Alter von zu Hause weggelaufen ist, erkennt sich der Autor in diesem Mädchen wieder und möchte sie aus der Anonymität herausholen. Zu diesem

Zweck konsultiert er offizielle Dokumente und Polizeiregister, führt Interviews und geht wie ein echter Detektiv allen Spuren nach. Es gelingt ihm auch, eine Cousine von Dora ausfindig zu machen, die ihm einige Informationen, vor allem aber Familienfotos liefert, die zu den bereits gesammelten Elementen hinzukommen.

PARIS UNTER DER BESATZUNG

Modiano lässt den Leser an seinen Recherchen, Zweifeln und Funden teilhaben, die er in Form eines Polizeiberichts liefert, der sowohl präzise als auch methodisch ist. Für Modiano ist diese Untersuchung eine gute Gelegenheit, das Paris der Besatzungszeit zu schildern, an die Normen und Regeln zu erinnern, die Juden damals einhalten mussten, über Haftanstalten und Razzien zu berichten und schließlich die Spuren verschwundener und vergessener Personen zu finden. Bei der Suche nach Informationen stößt er auf Dokumente über Doras Vater Ernest Bruder, der in Wien geboren wurde, aber staatenlos war, und ihre Mutter Cecile Bruder, die in Budapest geboren wurde und eine russische Jüdin war, die beide wie ihre Tochter in Auschwitz starben.

Dora, ein junges Mädchen, das in einem katholischen Internat – einem „Internat für fünfhundert Arbeitertöchter mit fünfundsiebzig Schwestern“ (S. 39) – in Saint-Cœur-de-Marie in der Rue de Picpus untergebracht ist, läuft zweimal von zu Hause weg. Beim ersten Mal wartet ihr Vater 13 Tage, bevor er sie als vermisst meldet. Wahrscheinlich zögert er dies hinaus, weil er seine Tochter bei der obligatorischen Judenzählung im Oktober 1940 nicht gemeldet hat. Anstatt sie zu schützen, bringt er sie damit in Gefahr. Am 17. April 1942 wird Dora zu ihrer Mutter zurückgebracht, während ihr Vater bereits im Lager Drancy (Île-de-France) interniert ist.

Sie läuft ein zweites Mal weg. Um sie wiederzufinden, wendet sich ihre Mutter an die UGIF (Union générale des israélites de France). Im Polizeibericht wird betont, dass es aufgrund ihrer wiederholten Ausreißer angebracht wäre, sie in ein Kinderheim zu geben. Darüber hinaus erwähnt der Bericht die Bedürftigkeit ihrer Mutter sowie die Einschließung ihres Vaters. Am 19. Juni 1942 wird Dora unter der Matrikelnummer 439 zusammen mit fünf anderen Mädchen ihres Alters in die Kaserne Les Tourelles eingewiesen. Einige Tage später verlässt der erste Transport mit Frauen die Kaserne und Frankreich.

Am 13. August desselben Jahres wird sie nach Drancy verlegt, wo sie ihren Vater wieder trifft. Anfang September hat sie die Möglichkeit, in das Lager Pithiviers (Loiret) verlegt zu werden, was nur für Juden mit französischer Staatsbürgerschaft möglich ist. Dora zieht es jedoch vor, in Drancy bei ihrem Vater zu bleiben. Beide werden am 18. September zusammen mit 1.000 anderen Männern und Frauen in das Vernichtungslager Auschwitz geschickt.

Parallel dazu wird Doras Mutter Cécile am 16. Juli 1942 bei einer großen Razzia verhaftet: Sie trifft sich daraufhin mit ihrem Mann in Drancy. Einige Tage später wird sie wieder freigelassen. Am 9. Januar 1943 wird sie erneut im Lager Drancy interniert. Einen Monat später, fünf Tage nach ihrem Mann und ihrer Tochter, wird sie nach Auschwitz geschickt. Keiner von ihnen wird zurückkehren.

DIE AUTOBIOGRAFISCHE BEDEUTUNG

Die Darstellung von Dora Bruders Leben ist für Modiano auch eine Gelegenheit, über sich selbst zu sprechen. Er erwähnt seine Kindheit, das Viertel am Boulevard Ornano, das er gut kennt, seine Mutter, seinen 20. Geburtstag, den er in Wien feierte, seine Vorliebe für Stadtbummel, seine Lektüre (*Les Misérables* [Roman von Victor Hugo (1802-1885), 1862], *Miracle de la rose* [Roman von Jean Genet (1910-1986), 1946] usw.) und seine Flucht am 18. Januar 1960.

Er erzählt uns auch von seinem Vater, Albert Modiano, und der distanzierten Beziehung zu ihm. Er enthüllt einige seiner Geheimnisse und erzählt unter anderem, dass sein Vater ihn eines Tages bei der Polizei anzeigte, weil er von ihm verlangt hatte, die monatliche Rente zu zahlen, die er seiner Mutter schuldete: Ein „Rowdy, so sagte er ihnen, mache einen Skandal“ (S. 69) in seinem Haus.

In *Dora Bruder hat* der Autor das Bedürfnis, sich von diesem jüdischen Vater zu befreien, der während der Besatzung illegal in Paris lebte, seinen Lebensunterhalt auf dem Schwarzmarkt verdiente und sich von seiner Frau sowie seinem Sohn trennte; ein Vater, mit dem er sich nie verstand und den er am Ende seiner Teenagerzeit nicht mehr sah; ein Vater, den er 20 Jahre später ein letztes Mal zu sehen versucht hat: aber nachdem er vergeblich in dem Krankenhaus umhergeirrt war, in dem dieser untergebracht war, und ihn nicht finden konnte, kehrte er um. Er hat ihn nie wieder gesehen.

Am Ende des Romans stellt der Autor am Ende seiner Untersuchung fest, dass Dora, ihre Persönlichkeit, ihre Emotionen, die Gründe für ihr Weglaufen und was sie mit diesen Ausrüstungsgegenständen gemacht hat, ein Geheimnis bleiben, dem sich der Erzähler nur durch seine Vorstellungskraft und seine Vermutungen nähern konnte: „Das ist ihr Geheimnis [...], das [ihre] Henker [...] ihr nicht stehlen konnten." (p. 69)

UNTERSUCHUNG DER CHARAKTERE

DIE BRUDER

Dora Bruder

Dora Bruder ist die Figur, um die sich der Roman dreht: Sie ist das Objekt der Ermittlungen des Erzählers und gibt der Erzählung ihren Titel. Sie ist ein jüdisches Mädchen, Französin, „15 Jahre alt, 1,55 m groß, ovales Gesicht, grau-braune Augen“ (S. 42). „Schon in jungen Jahren, so ihre Cousine, war sie rebellisch, unabhängig, eine Ausreißerin.“ (p. 34)

So wird Dora im Alter von 14 Jahren in das Internat Saint-Cœur-de-Marie gesteckt: „Ihre Eltern waren der Meinung, dass sie Disziplin brauchte.“ (S. 38) Allerdings will sie sich nicht den Regeln des Internats unterwerfen und läuft weg. Nicht genug damit, dass sie ein erstes Mal ausreißt, unternimmt sie einen zweiten Ausreißer, der sie ins Camp des Tourelles führt. Diese Ausbrüche, deren Gründe wir nicht wirklich kennen, unterstreichen jedoch ihre Entschlossenheit und ihren unabhängigen Charakter.

Modiano gelingt es zwar, die Ereignisse in groben Zügen zu rekonstruieren, doch über ihren Charakter, die Beziehungen zu ihren Eltern und ihr soziales Leben ist nur wenig bekannt: „Ich weiß nicht, ob Dora Bruder in Saint-Cœur-de-Marie Freundinnen gefunden hatte. Oder ob sie abseits von den anderen wohnte." (S. 42) Nach ihrer Internierung in Les Tourelles wurde sie in das Lager Drancy deportiert und gehörte zum Transport Nr. 34 vom 18. September 1942 nach Auschwitz, wo sie starb.

Diese Figur, von der der Autor versucht, einen Lebensabschnitt zu rekonstruieren, wird zu einem Doppelgänger Modianos, einem Alter Ego, mit dem er sich identifiziert und gezwungen ist, die Lücken in seiner Untersuchung mit seinen eigenen Interpretationen zu füllen, in die ein großer Teil persönlicher Projektionen einfließt. Darüber hinaus wird dieses anonyme Mädchen, das eines von vielen Opfern des Zweiten Weltkriegs (1939-1945) ist, unter Modianos Feder zu einer Ikone: Sie verkörpert die Jugend unter der Besatzung, aber auch eine Symbolfigur für die Opfer der Shoah (die Vernichtung von ca. 6 000 000 Juden durch die Nazis während des Zweiten Weltkriegs).

Ernest Bruder

Doras Vater, Ernest Bruder, ist Arbeiter. Seine Nichte, die von der Autorin befragt wird, erinnert sich an „[s]eine Freundlichkeit und Sanftmut" (S. 28). Er wurde am 21. Mai 1899 in Wien geboren und fand sich im Alter von 25 Jahren in Paris wieder, nachdem er aus seiner Verpflichtung bei der französischen Fremdenlegion – wo er Soldat zweiter Klasse war – entlassen worden war, wahrscheinlich aufgrund einer Verletzung: Eine

Polizeikarte, die im Rahmen der während der Besatzungszeit organisierten Razzien erstellt wurde, vermerkt seinen Status als 100-prozentiger Kriegsversehrter. Trotz seines Engagements erhielt er nicht die französische Staatsbürgerschaft; er wurde vom französischen Staat als staatenlos betrachtet. In Paris lernte er die Frau kennen, die später Doras Mutter werden sollte.

Als der Zweite Weltkrieg ausbricht, arbeitet Ernest Bruder nicht mehr, sondern lebt mit seiner Frau und seiner Tochter in einem Hotelzimmer. Als es an der Zeit ist, sich bei der örtlichen Polizei als Jude zu melden, erwähnt er die Existenz seiner Tochter nicht, um sie zu schützen. Am 19. März 1942 wurde er verhaftet und in Drancy interniert. Später wird er in das Lager Auschwitz deportiert, von wo er nicht zurückkehrt.

Cécile Bruder

Cécile Bruder wurde am 17. April 1907 in Budapest als Tochter einer jüdischen Familie russischer Herkunft geboren. 1924 heiratete sie Ernest Bruder, als sie erst 16 Jahre alt war. Cécile ist Schneiderin und lebt seit einem Jahr mit ihren Eltern, ihrem Bruder und ihren vier Schwestern in Paris, die bei ihrer Ankunft an Typhus sterben.

Während des Krieges, als Ernest deportiert wurde, lebt sie laut Polizeiberichten in großer Armut. Nachdem ihre Tochter weggelaufen war, wandte sie sich in ihrer Verzweiflung an die Union générale des israélites de France.

Während der großen Razzia am 16. Juli 1942 wird sie in Drancy interniert. Dort trifft sie Ernest für einige Tage wieder, bevor sie am 23. Juli wieder freigelassen wird. Am 9. Januar 1943 wird sie erneut am selben Ort eingesperrt und im Februar nach Auschwitz gebracht, wo sie wie ihr Ehemann und ihre Tochter stirbt.

DIE MODIANOS

Albert Modiano

Patrick Modianos Vater ist eine allgegenwärtige Figur in seinen Werken. In *Dora Bruder* erzählt der Autor von einem Vater jüdischer Herkunft, mit dem er sich nicht gut versteht; einem Vater, der sich entschließt, im Untergrund zu leben und am Schwarzmarkt teilzunehmen, um die Zeit der Besatzung zu überleben. Dennoch urteilt der Autor nicht über diese Entscheidung: „Es war legitim, dass sie sich wie Gesetzlose verhielten, um zu überleben. Das ist ihre Ehre. Und dafür liebe ich sie." (S. 117) Das Leben unter falscher Identität bewahrte ihn jedoch nicht vor einer Verhaftung: Albert Modiano wurde bei einer Razzia festgenommen, konnte jedoch fliehen.

Im Laufe der Ermittlungen werden Parallelen zwischen dem Leben der jungen Dora und dem von Albert Modiano gezogen. Der Autor nutzt die Gelegenheit, um über Streitigkeiten und intime Momente mit seinem Vater zu sprechen. Albert Modiano erscheint als distanzierte, wortkarge Person, die nicht viel mit ihrem Sohn teilt. Kalt und unnachgiebig geht er sogar so weit, ihn wegen seines angeblichen Verhaltens als „Rowdy" (S. 69) bei der Polizei anzuzeigen: „Wir saßen uns auf den Holzbänken gegenüber, jeder von zwei Friedenswächtern umgeben." (*ebd.*)

Nach dieser Szene sehen sich Vater und Sohn nur noch wenige Male, bevor sie die Verbindung endgültig abbrechen: „Ich sollte ihn im folgenden Jahr noch zwei- oder dreimal wiedersehen [...] Er stahl mir meine Militärpapiere und versuchte, mich in der Kaserne von Reuilly [Indre] zwangseingezogen zu bekommen. Danach habe ich ihn nie wieder gesehen." (p. 72)

Patrick Modiano

Als Autor, Erzähler und Romanfigur offenbart sich Patrick Modiano durch seine Nachforschungen über Dora Bruder. Er ist ein entschlossener und akribischer Mann, der Geduld beweist und sich voll und ganz auf die Aufgabe einlässt, die Familie Bruder wieder zum Leben zu erwecken. Besessen von den Spuren der Zeit, der Erinnerungspflicht und der Absurdität des Krieges versucht er, die Erinnerung an die Verschwundenen wiederzubeleben, indem er die „dicke Schicht der Amnesie" (S. 131) durchbricht, die die Zeit über die Stadt gelegt hat.

Er ist zum Zeitpunkt des Schreibens etwa 50 Jahre alt und erzählt in der Erzählung häppchenweise von seiner Jugend und seiner Kindheit. Als Sohn geschiedener Eltern, der 1945 als Sohn eines jüdischen Vaters geboren wurde, ist er von der Geschichte der Shoah geprägt.

Seine Kindheit verbrachte er bei seiner Mutter, die finanziell von der kargen Rente seines Vaters abhängig war. Er erinnert sich an gemeinsame Ausflüge mit seiner Mutter zum Flohmarkt in Saint-Ouen, dem Viertel, in dem die Familie Bruder lebte. Die Geschichte seiner Verhaftung bei einer Razzia im Jahr 1942 und das Leben im Untergrund, das er bis zum Kriegsende führen musste, haben ihn jedoch geprägt.

Patrick Modiano scheint schon immer einen freien und unabhängigen Charakter gepflegt zu haben: Mit 15 Jahren riss er von zu Hause aus, was ihm in bleibender Erinnerung geblieben ist; einige Jahre später entschied er sich, die Schule abzubrechen, arrangierte sich dann mit einem Arzt, um dem Militärdienst zu entgehen; als junger Erwachsener verkaufte er gestohlene Gegenstände an Antiquitätenhändler. Als leidenschaftlicher Literaturliebhaber ist er ein gelehrter junger Mann, der mit 23 Jahren seinen ersten Roman schreibt: *La Place de l'étoile*. In den meisten Beschreibungen seiner Jugend zeigt er sich selbst, wie er durch Paris schlendert, verschiedene Viertel erkundet, in Cafés wartet und die Atmosphäre einer Stadt aufnimmt, mit der er untrennbar verbunden zu sein scheint.

SCHLÜSSEL ZUM LESEN

EINE AUTOFIKTION?

Dora Bruder ist eine sowohl autobiografische als auch biografische Erzählung. In einem Artikel mit dem Titel „*Dora Bruder* ou la biographie déplacée de Modiano“ (*Dora Bruder* oder Modianos verdrängte Biografie) stellt Jeanne Bem die Frage nach dem besonderen Genre des Romans und bezeichnet ihn als „biographie déplacée, en ce sens que rien n'y est tout à fait à sa place“ (*Cahiers de l'Association internationale des études françaises*, Band 52, Nr. 1, 2000, S. 221-232). Die Erzählung baut in der Tat auf dem Prinzip der Autobiografie auf, weist aber auch alle Besonderheiten der Biografie auf, gehört aber gleichzeitig zum fiktionalen Text.

Ein biografischer Roman

Die Biografie hat ihre Vorläufer in der Antike – insbesondere bei Historikern wie Plutarch (griechischer Schriftsteller, ca. 50 bis ca. 125), Tacitus (lateinischer Schriftsteller, ca. 55 bis ca. 120) oder Sueton (lateinischer Schriftsteller, ca. 69 bis ca. 126) – und ist ein Bericht, in dem der Autor das Leben einer realen Person erzählt.

Das Genre Biografie wird definiert als „schriftliche oder mündliche Erzählung in Prosa, die ein Erzähler über das Leben einer historischen Persönlichkeit macht und dabei die Einzigartigkeit einer individuellen Existenz und die Kontinuität einer Persönlichkeit betont" (MADELÉNAT D., *La biographie*, Presses universitaires de France, Paris, 1984, S. 20). Der Biograf schreibt dann in der dritten Person Singular; dokumentiert und objektiv, stellt die Erzählung den Charakter, den Werdegang und die Entwicklung seiner Person dar.

Und *Dora Bruder* ist tatsächlich eine biografische Erzählung, denn Patrick Modiano übernimmt darin die Rolle des Biografen der jungen Dora, stellt Nachforschungen an, liefert datierte Fakten und bezieht sich auf offizielle Dokumente, um den Lebensweg der jungen Frau nachzuzeichnen, wie es hier der Fall ist: „Der Handlauf des Polizeikommissariats im Viertel Clignancourt trägt diese Angaben unter dem Datum des 27. Dezember 1941." (p. 75)

Ein autobiografischer Roman

Für Philippe Lejeune ist die Autobiografie definiert als „retrospektive Erzählung in Prosa, die eine reale Person von ihrer eigenen Existenz macht, wenn sie den Schwerpunkt auf ihr individuelles Leben legt, insbesondere auf die Geschichte ihrer Persönlichkeit" (LEJEUNE, P., Le *Pacte autobiographique*, Paris, Seuil, 1975, S. 14-15). Tatsächlich ist ein autobiografischer Roman eine Erzählung, in der der Autor, der Erzähler und die Hauptfigur übereinstimmen. Die Erzählung ist dann in der ersten Person und aus der Innenperspektive geschrieben (was viel Raum für Subjektivität lässt), da die Figur selbst erzählt, was sie erlebt hat. Darüber hinaus beinhaltet das autobiografische Genre einen starken Lesepakt zwischen dem Leser und dem

Autor-Erzähler, der sich zu einer aufrichtigen Erzählung verpflichtet.

Dora Bruder ist ein autobiografischer Roman: Patrick Modiano, der Erzähler der Erzählung, tritt als Autor auf („Pendant que j'écris ces lignes [...]", S. 92) und ist gleichzeitig eine Figur, da er sich selbst bei seinen Nachforschungen über Dora Bruder inszeniert und dabei auch entfernte Erinnerungen an seine Kindheit oder Jugend hervorruft („Je suis allé quelquefois au cinéma, boulevard Ornano", S. 11). So zeichnen sich seine Persönlichkeit und seine Geschichte im Laufe des Textes ab.

Ein autofiktionaler Roman?

Dora Bruder ist vor allem ein Werk der Autofiktion: Der Roman vermischt die Genres Autobiografie und Biografie und enthält darüber hinaus einen großen Anteil an Fiktion. Der Begriff „Autofiktion", der von Serge Doubrovsky (französischer Kritiker und Romancier, 1928-2017) geprägt wurde, umfasst autobiografische Erzählungen, die auf realen Ereignissen beruhen, aber einen fiktionalen Anteil enthalten, der vor allem auf der Verwendung von Sprache beruht und die Erzählung in den Bereich der Literatur einordnet. Dies ist der Fall in *Dora Bruder*, wo die Erzählung der Ereignisse tatsächlich romantisiert ist und der Autor die Lücken seiner Untersuchung mit seiner Vorstellungskraft füllt, indem er Hypothesen über die Tatsachen oder den Geisteszustand der Personen aufstellt, wenn seine Archivarbeit es ihm nicht erlaubt, sie zu kennen.

So verwischt Patrick Modiano die Codes der biografischen und autobiografischen Erzählung, indem er fiktionale Erzählformen einsetzt und wiederholt seine eigenen Erfahrungen mit denen von Dora vergleicht. Er identifiziert sich mit dem Mädchen, indem er seinen eigenen Lebensweg mit dem des Mädchens verflechtet; von da an exhumiert er sie, indem er sich auf seine eigenen Erinnerungen stützt, um die Lücken in den Archiven zu füllen, und gleichzeitig erfindet er sich selbst durch sie neu:

- Der Erzähler ist als Jugendlicher ebenfalls von zu Hause weggelaufen, was ihn Dora näher bringt und ihm ermöglicht, ihre Revolte zu verstehen („Ich erinnere mich an das starke Gefühl, das ich bei meinem Ausreißer im Januar 1960 hatte [...]. C'est l'ivresse de trancher, d'un seul coup, tous les liens: rupture brutale et volontaire“, S. 77; ein „Gefühl der Revolte und der Einsamkeit, das auf die Spitze getrieben wird und das einem den Atem raubt und einen schwerelos macht“, S. 78);
- Da das Weglaufen ihr Flügel verliehen hat, glaubt er, dass Dora das gleiche Gefühl von Freiheit genossen hat: „Zweifellos eine der wenigen Gelegenheiten in meinem Leben, bei denen ich wirklich ich selbst war und bei denen ich meinen eigenen Weg ging“ (S. 78);
- die Erwähnung von Ernest Bruders Heimatstadt Wien ermöglicht es ihm auch, über seine eigenen Erfahrungen in der Hauptstadt zu sprechen: „1965 wurde ich zwanzig Jahre alt, in Wien, im selben Jahr, in dem ich das Viertel Clignancourt besuchte“ (S. 21);

- Er wünscht sich, dass sich ihre Leben kreuzen, und zwar durch die Figur seines Vaters, der zur gleichen Zeit wie Dora Bruder in eine Razzia geriet: „Vielleicht wollte ich, dass sie sich kreuzten, in diesem Winter 1942“ (S. 63);
- er selbst war, lange bevor er sich für die Geschichte von Dora Bruder und verschiedene Abschnitte ihres Lebens interessierte, durch das Viertel, in dem sie in Paris lebte, geschlendert.

Es kommt zu einer Verwirrung zwischen Erlebtem und Imaginärem, und selbst die Zeitrechnung wird unklar. Die Autorin, die Doras Leben mit ihrem eigenen kreuzt, vermischt Vergangenheit und Gegenwart: „Von gestern bis heute. Mit dem Abstand der Jahre verschwimmen für mich die Perspektiven, die Winter gehen ineinander über. Der von 1965 und der von 1942.“ (p. 10)

DIE UNTERSUCHUNG

Die Erzählung beginnt mit dem Fahndungsaufruf, der am 31. Dezember 1941 in *Paris-Soir* erschien. Diese erste Seite steckt den Rahmen für das ab, was folgt: *Dora Bruder* ist mehr als eine Erzählung, sie ist ein Bericht in einfachen Sätzen, der authentische Dokumente und präzise Ortsbeschreibungen zusammenstellt. Wie ein Detektiv enthüllt der Erzähler seine systematische und akribische Recherchemethode. „Dora Bruder sollte in eine der Gemeindeschulen in der Umgebung eingeschult werden. Ich schrieb einen Brief an den Direktor jeder Schule“, erklärt er zum Beispiel zu Beginn der Erzählung (S. 14).

Jede Spur wird verfolgt und der Autor gibt in seiner Erzählung die meisten der von ihm durchforsteten Dokumente wieder, um sie mit dem Leser zu teilen: Geburtsurkunden, Karteikarten des Lagers Drancy, Archive der Polizeipräfektur, das *Memorial de la déportation des juifs de France von* Serge Klarsfeld (französischer Rechtsanwalt, geb. 1935), Listen der Schulen in der Umgebung, Archive der Gemeindeschulen und der religiösen Pensionen usw.

Um kein Detail auszulassen, konsultiert er auch das Landgericht, findet eine Cousine von Dora sowie einige Familienfotos und schreibt an die Schwestern der katholischen Schule, in der das Mädchen untergebracht war.

Diesen objektiven und greifbaren Dokumenten, die authentische Informationen enthalten, stehen jedoch Zweifel und Fragen gegenüber, die während der gesamten Untersuchung bestehen bleiben. Sie zeigen sich übrigens in den zahlreichen unbeantworteten Fragen, die den Text durchziehen: „Aus welchen Gründen haben ihre Eltern sie in diesem Internat angemeldet?" (S. 37); „War Dora Bruder in den „ouvroirs" oder in den „classes"?" (S. 39); „Ihre Eltern nahmen Dora mit ins Kino Ornano 43 [...] oder ging sie ganz allein dorthin?" (S. 34) So deutet Modiano in *Dora Bruder* mehr an als er behauptet: „Sie musste im Square Clignancourt spielen" (S. 34); „Vielleicht - aber ich bin mir sicher" (S. 35); „Ich war auf Vermutungen reduziert" (S. 61).

Außerdem wird die Untersuchung über den Roman und seine Veröffentlichung hinaus fortgesetzt. So richtet Modiano einen Appell an den Leser: „Indem ich dieses Buch schreibe, sende ich Appelle aus, wie Signale eines Leuchtturms, von denen ich leider bezweifle, dass sie die Nacht erhellen können. Aber ich hoffe immer noch". (S. 42) Der Zweifel geht bei der Suche des Autors immer mit der Hoffnung einher.

Trotz der Schwierigkeiten gelingt es Modiano, Doras Leben zu rekonstruieren, er stellt sich die fehlenden Details vor oder vermutet sie: „Je devine à près les horaires des journées." (S. 39) Eine einzige Unbekannte bleibt jedoch bestehen: Was ist aus Dora in den wenigen Wochen geworden, in denen sie nach ihrem Ausreißen frei war? Wen hat sie getroffen? Wohin ist sie gegangen? Diese Frage treibt ihn um: „Ich werde immer nicht wissen, womit sie ihre Tage verbrachte, wo sie sich versteckte, in wessen Gesellschaft sie sich befand [...]." (p. 144)

DIE ROLLE DER STADT

Die Tatsache, dass die Bruders bescheidene Leute sind, erschwert die Aufgabe des Ermittlers: „Es sind Menschen, die wenig Spuren hinter sich lassen. Fast schon anonym. [...] Was wir über sie wissen, ist oft nur eine einfache Adresse. Und diese topografische Genauigkeit steht im Kontrast zu dem, was wir für immer von ihrem Leben nicht wissen werden – dieses Weiß, dieser Block des Unbekannten und des Schweigens." (p. 28)

Aus diesem Grund wird sich Modiano auf die greifbaren Elemente, die Orte, stützen. Die Rolle der Stadt wird in seiner Untersuchung grundlegend. So erkundet er die Straßen, das Viertel, die Schule und das Hotelzimmer, die Dora aufgesucht hat, denn „man sagt, dass zumindest die Orte einen leichten Abdruck der Personen behalten, die sie bewohnt haben“ (S. 29).

Außerdem sind Paris, seine Straßen und das Viertel, in dem Dora lebte, der einzige Bezugspunkt, der mit dem Erzähler geteilt wird. Es ist die Stadt, die sie verbindet, und mit der Stadt hat alles begonnen: Als Modiano den Steckbrief liest, kann er sich sehr gut vorstellen, wo die Familie Bruder gelebt hat; das Viertel ist ihm vertraut. Paris ist von da an Modianos einzige Gewissheit: Er weiß, dass Dora dort gelebt hat, kennt die genaue Adresse ihrer Wohnung und ihrer Schule. Wenn er durch Paris schlendert, denkt er an Dora, er weiß, dass auch sie durch diese Straßen gegangen ist.

Die mit den Ermittlungen verbundenen Emotionen, Zweifel und Fragen werden durch den trüben Aspekt der städtischen Umgebung unterstrichen, die ein Spiegel der Gemütszustände des Ermittlers ist. Die Stadt wird wie eine Schwarz-Weiß-Fotografie dargestellt (die schwarzen Wände des Internats, das graue Paris, der fallende Schnee): „Ich hatte ein komisches Gefühl, als ich an der Mauer des Lariboisière-Krankenhauses entlangging [...], als ob ich in die dunkelste Zone von Paris eingedrungen wäre. Aber es war einfach der Kontrast zwischen den zu hellen Lichtern des Boulevard de Clichy und der schwarzen, endlosen Mauer.“ (p. 29)

Im Laufe seiner Recherchen gräbt Patrick Modiano die im Laufe der Zeit vernachlässigten, abgerissenen und dem Erdboden gleichgemachten Orte aus und erweckt sie zum Leben - so wie er es mit Dora, Ernest und den anderen tut -, sodass unter der Feder von Patrick Modiano Paris - und insbesondere das Viertel Clignancourt - zu einer Art „Ort der Erinnerung" im Sinne von Pierre Nora wird: „Ein Objekt wird zum Erinnerungsort, wenn es dem Vergessen entgeht, z. B. durch das Anbringen von Gedenktafeln, und wenn eine Gemeinschaft es mit ihren Affekten und Emotionen neu besetzt. „ (NORA P. (Hrsg.), *Les lieux de mémoire. La Nation*, Bd. II, Paris, Gallimard, 1989, S. 7) Die Stadt wird zum Träger der Geschichte von Dora Bruder, aber auch der kollektiven Geschichte.

DIE PFLICHT ZUR ERINNERUNG

Die Erinnerungspflicht bezeichnet die moralische Verpflichtung, gegen die kollektive Amnesie anzukämpfen, indem die Erinnerung an vergangenes Leid, das ein Teil der Bevölkerung erlitten hat, wachgehalten wird. *Dora Bruder* ist ein Beispiel für diesen Kampf gegen das Vergessen, da das Werk über das Leben der Juden im Paris der Besatzungszeit berichtet. So bildet die Geschichte den Hintergrund der Erzählung: Patrick Modiano berichtet vom Tragen des Sterns, von den Regeln, die den Juden auferlegt wurden, oder auch von denjenigen, die für sie Partei ergriffen.

- Juden in Frankreich werden in erster Linie als Juden betrachtet; die französische Staatsangehörigkeit bewahrt sie nicht vor der Deportation. Ernest Bruder ist ein perfektes Beispiel dafür: Obwohl er französischer Legionär war, wurde er mit dem Transport vom 18. September 1942 nach Auschwitz deportiert.

- Modiano erzählt von den Razzien („Ab Sommer 42 wurde das Gebiet um Saint-Cœur-de-Marie besonders gefährlich. Die Razzien folgten einander zwei Jahre lang“, S. 49), die Haftzentren, die Demütigungen, die langsame Ausgrenzung eines Teils der Bevölkerung, die regelmäßigen Kontrollen („[...] se soumettre à une „contrôle périodique“ en présentant leur carte d'identité“, S. 56).
- Juden hatten zu dieser Zeit den Status von „Pestkranken“ (S. 117), weshalb ihre Familien, wie die der Bruders, getrennt und nach und nach in Konzentrationslager gebracht wurden. Sie sind verpflichtet, sich – und alle anderen Familienmitglieder – bei den Behörden zu melden, was Doras Vater nicht tut, da er sich lieber davor hütet, die Existenz seiner Tochter mitzuteilen.
- Ab dem 7. Juni 1942 müssen Juden den gelben Stern tragen. Hinzu kommen weitere Vorschriften, wie das Verbot, nach acht Uhr abends das Haus zu verlassen, die „Demarkationslinie“ (S. 112) zu überschreiten oder ein TSF-Gerät (drahtlose Telegrafie) oder ein Fahrrad zu besitzen. Viele Arbeitsplätze sind für Juden noch immer verboten, sodass sie *de facto* oft in Armut leben, wie Doras Mutter, die nach der Deportation ihres Mannes in Armut geriet.
- Auch einige Personen, die als „Freunde von Juden“ (S. 141) gelten, tragen als Reaktion auf die auferlegten Beschränkungen freiwillig den Stern, und zwar auf

manchmal skurrile Weise: „Eine hatte ihrem Hund einen Stern um den Hals gebunden. Eine andere hatte darauf gestickt: PAPOU. Eine andere: JENNY. Eine andere hatte acht Sterne an ihrem Gürtel befestigt, und auf jedem Stern stand ein Buchstabe von VICTOIRE." (S. 140) Auch sie werden verhaftet.

Der Autor geht auch auf die Rolle der französischen Polizeibeamten ein. Tatsächlich wird die Ausführung der deutschen Befehle französischen Polizisten, Gendarmen und Beamten anvertraut, „denselben, die damit beauftragt sind, Sie zu suchen und Sie zu finden [die aber auch die Gelegenheit nutzen, um] Karteikarten zu erstellen, um Sie später besser verschwinden zu lassen – endgültig." (S. 82) Modiano stellt ihre Mitverantwortung infrage: „Hat dieser Beamte im Moment seiner Unterschrift die Tragweite seiner Geste ermessen? [...] Übrigens wurde der Ort, an den das junge Mädchen geschickt wurde, von der Polizeipräfektur noch mit einer beruhigenden Vokabel bezeichnet: „Hébergement, Centre de séjour surveillé" (Unterkunft, überwachtes Aufenthaltszentrum)" (S. 115).

Schließlich berichtet er über die Position und das Erleben verschiedener Schriftsteller der damaligen Zeit, die wie Zeugen ebenfalls ihre Rolle als Erinnerungsvermittler spielen, indem sie diese unruhige Zeit beleuchten:

- Felix Hartlaub (deutscher Schriftsteller, 1913-1945), „starb im Frühjahr 1945 in Berlin [...] in einer Welt des Gemetzels und der Apokalypse, in der er sich irrtümlich und in einer Uniform befand, die man ihm aufgezwungen hatte, die aber nicht seine eigene war" (S. 95);

- Friedo Lampe (deutscher Schriftsteller, 1899-1945), der bei Kriegsende irrtümlich von zwei russischen Soldaten erschossen wird (S. 93-94).

So arbeitet Patrick Modiano in *Dora Bruder* daran, das kollektive Gedächtnis wieder aufleben zu lassen, indem er Bilder und Personen schildert, die stets sehr komplex und voller Ambiguitäten sind. In diesem Sinne verbindet sich sein Werk als Romancier mit der Arbeit eines Historikers, durch die er versucht, die Realität auf objektive Weise wiederzugeben, ohne Partei zu ergreifen. Auf diese Weise bewahrt er Dora und ihre Familie sowie andere Unbekannte (Claudette Bloch, Josette Delimal, Tamara Isserlis, Hena usw.) vor dem Vergessen und leistet damit einen Beitrag zur Erinnerung.

DENKANSTÖSSE

EINIGE ANHALTSPUNKTE, UM IHRE ÜBERLEGUNGEN ZU VERTIEFEN...

- In einem Interview vom April 1997 sagte Patrick Modiano: „Fast sechs Jahre lang dachte ich, dass es mir nie gelingen würde, Dora Bruder aus dem Nichts zu holen.“ („*Dora Bruder*, de Patrick Modiano. Entretien“, in *gallimard.fr*, April 1997) In der Erzählung schreibt er: „Wenn ich nicht hier wäre, um sie zu schreiben, gäbe es keine Spur mehr von der Anwesenheit dieser Unbekannten und der meines Vaters in einem Salatkorb im Jahr 1942.“ (S. 65) Erläutern Sie angesichts dieser Aussagen, warum es wichtig ist, über die Vergangenheit zu schreiben.
- Modiano erklärt weiter: „Ich wurde so sehr von Dora Bruder verfolgt, dass ich 1989 einen Roman schrieb, nachdem ich den Steckbrief gelesen hatte. Ich wusste damals noch nichts von dem, was ich heute wiedergefunden habe. Ich schrieb den Roman: *Hochzeitsreise*, um zu versuchen, die Leere zu füllen, die ich empfand, wenn ich an Dora Bruder dachte, über die ich nichts wusste. Aber als der Roman fertig war, stand ich wieder am selben Punkt. Und all das konnte nur mit einem Buch enden, das kein Roman sein würde“. (*ebd.*) Ist Dora Bruder Ihrer Meinung nach ein Romanwerk? Um welche Art von Werk handelt es sich?

- Warum ist Modiano der Ansicht, dass ein Roman nicht ausreicht? Kommentieren Sie.
- Die Autorin liefert uns eine präzise und methodische Untersuchung, aber trotz allem bleibt ein Rätsel: Wo hat Dora während der Wochen, in denen sie weggelaufen ist, gelebt? Wen hat sie gesehen? Was hat sie getan? Stellen Sie sich vor und erzählen Sie.
- „Mir ist klar, dass ich 200 Seiten schreiben musste, um unbewusst einen vagen Abglanz der Realität einzufangen." (S. 54) Ist das Schreiben das beste Instrument gegen das Vergessen? Argumentieren Sie; nennen Sie Beispiele.
- In Bezug auf die Briefe an den Polizeipräfekten zur Zeit der Besatzung sagt Modiano: „Heute können wir sie lesen. Diejenigen, an die sie gerichtet waren, wollten sie nicht zur Kenntnis nehmen, und nun sind wir, die zu dieser Zeit noch nicht geboren waren, ihre Empfänger und Bewahrer." (S. 84) Kommentieren Sie.
- Welche Beziehung hat der Autor zur Stadt Paris?
- Wie wird die Verantwortung des Vichy-Regimes für den Holocaust in *Dora Bruder* inszeniert?
- Welche Beziehung zur Literatur hat der Erzähler in dem Roman?
- Zahlreiche anonyme Personen, die ebenfalls Opfer des Zweiten Weltkriegs waren, werden von Modiano erwähnt: Wie? Was steht bei diesem Verfahren auf dem Spiel?

WEITERFÜHRENDE INFORMATIONEN

REFERENZAUSGABE

MODIANO P., *Dora Bruder*, Paris, Gallimard, Coll. « Folio », 2015.

REFERENZSTUDIEN

BEM J., « Dora Bruder ou la biographie déplacée de Modiano », in: *Cahiers de l'Association internationale des études françaises*, Band 52, Nr. 1, 2000, S. 221-232.

COLONNA V. *L'autofiction, essai sur la fictionalisation de soi en littérature*, Paris, EHESS, 1989.

„*Dora Bruder*, von Patrick Modiano. Entretien", in *gallimard.fr*, April 1997, abgerufen am 7. Juli 2017, http://www.gallimard.fr/Media/Gallimard/Entretien-ecrit/Entretien-Patrick-Modiano-Dora-Bruder

FERENCZI T. (Hrsg.), *Devoir de mémoire, droit à l'oubli?* Paris, Complexe, 2002.

LEVI P., *Le devoir de mémoire (Die Pflicht zur Erinnerung)*, Paris, Mille et une nuits, 1995.

MADELÉNAT D., *La biographie*, Paris, Presses universitaires de France, 1984.

NORA P. (Hrsg.), *Les lieux de mémoire. La Nation, Bd. II*, Paris, Gallimard, 1989.

Deine Meinung ist uns wichtig!
Hinterlasse doch einen Kommentar auf der Seite
unserer Online-Buchhandlung
und teile Deine Favoriten in den sozialen Netzwerken!

Die präsentierten Inhalte werden vom Herausgeber überprüft, dennoch übernimmt dieser keine Haftung für die inhaltliche Richtigkeit, Vollständigkeit und Aktualität der vorgestellten Inhalte.

www.derQuerleser.de

ISBN digitale Ausgabe: 9782808686877
ISBN gedruckte Ausgabe: 9782808698276
Pflichtexemplar: D/2023/12603/1107

Cover: © Plurilingua
Logo: © Graphicrepublic (Freepik.com) und Plurilingua

Digitale Aufbereitung: Primento, der digitale Partner der Herausgeber.